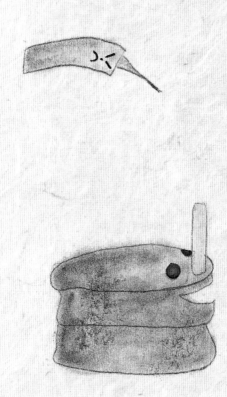

어린 시절, 나의 소중한 친구이자, 선생님, 엄마였던
할머니께 이 책을 바칩니다.

팥죽 할멈과 팥빙수

팥빙수

글·그림 곽영미

글, 그림 곽영미

제주도에서 태어나 성균관대학교 박사 과정(아동 문학·미디어 교육)을 졸업했습니다.

특수학교에서 아이들을 가르치고, 그림책 강연을 하고 있습니다. 지은 책으로《조선의 왕자는 무얼 공부했을까》,

《코끼리 서커스》, 《스스로 가족》, 《어마어마한 여덟 살의 비밀》, 《두 섬 이야기》 등이 있습니다.

팥죽 할멈과 팥빙수

© 곽영미, 2017
캘리그래피 신원정

발행일 초판 1쇄 발행일 2017년 4월 3일
　　　　초판 3쇄 발행일 2021년 10월29일

글·그림 곽영미
펴낸이 김경미
편집 김유민
디자인 이진미
펴낸곳 숨쉬는책공장
등록번호 제2018-000085호
주소 서울시 은평구 갈현로25길 5-10 A동 201호(03324)
전화 070-8833-3170 팩스 02-3144-3109
전자우편 sumbook2014@gmail.com

ISBN 979-11-86452-19-6 04800 / 979-11-952560-5-1 (세트) 04800

숨쉬는책공장 너른안이 시리즈는 가려져 잘 보이지 않는 세상 이야기를 구석구석 들춰 살펴봄으로써,
아이들이 스스로 넓은 시각을 가질수 있도록 돕는 그림책 시리즈입니다.

팥죽 할멈과 팥빙수

글·그림 곽영미

숨쉬는
책공장

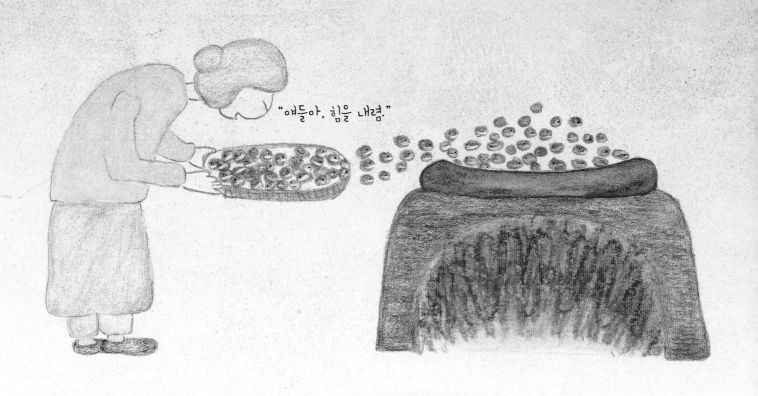

"얘들아, 힘을 내렴."

동글동글 팥이 커다란 가마솥에 와르르

포옥포옥, 보글보글 삶고 끓여

퐁당퐁당 새알심까지 넣으면 맛있는 팥죽 완성이오!

"아이들이 얼마나 맛있게 먹을까? 사람들이 얼마나 좋아할까……."

팥죽 할멈은 기분이 좋아, 어깨춤을 덩실덩실.

팥죽 할멈은 오늘도 땀을 삐질삐질 흘리며 팥죽을 만들어.

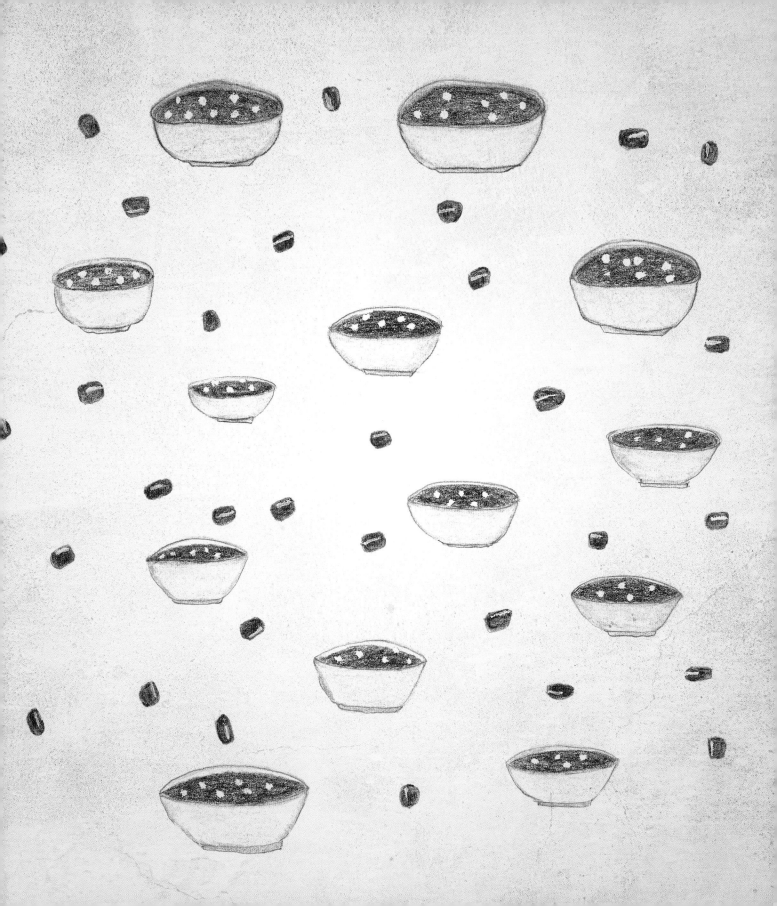

Pizza & Spaghetti

신장 개업
OPEN

스타 셰프 ★
찰리박

친환경 유기농 채소
영양 만점! 신선도 유지.

OPEN
Am 10:00 –
CLOSE
Pm 10:00

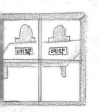

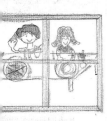

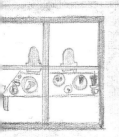

해는 쨍쨍, 매미는 맴맴.

오늘도 무척 덥겠어.

온종일 팥죽 할멈네 팥죽은 한 그릇도 팔리지 않았지.

이 더위에 누가 뜨거운 팥죽을 먹겠어?

파리 한 마리도 오지 않아.

"이를 어째. 이 귀한 팥죽을 어쩐다냐."

팥죽 할멈은 팥죽이 아까워서 한숨만 푹푹.

그때 문이 드르륵 열려.

오메, 반가운 사람은 맞는데, 건물 주인이야.

팥죽 할멈은 장사가 안 되어서

이제 쫓겨나게 생겼어. 에휴~.

"계속 울고 있어."

"할머니는 어때?"

"할머니는?"

할머니는 밤새 울기만 해.

"누가 이 더운 여름에 팥죽을 먹겠어. 팥빙수라면 모를까!"

"팥빙수?"

모두 빙수기 곁에 바짝 다가가 물었어.

"나만 믿으라고!"

빙수기가 힘을 불끈 쥐며 윙윙윙.

꽁꽁 얼린 얼음이 슥슥 갈린다, 쓱쓱 갈린다, 갈려!

얼음을 갈다가 그만……
팥빙수는 언제 만들지?

이튿날이 되었어.

팥죽 할멈은 좋아하는 팥죽을 만들지 못해 훌쩍훌쩍.

고운 팥을 보며 훌쩍훌쩍.

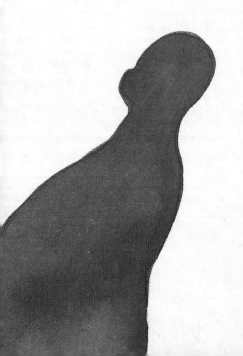

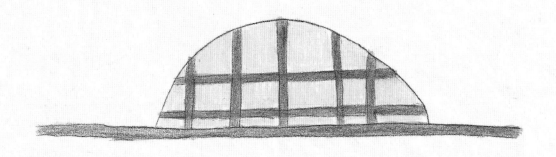

오늘 밤에는 꼭 팥빙수를 만들자.

꽁꽁 얼린 얼음을 갈고,

맛있는 과일도 넣어야지. 수박, 사과, 딸기, 포도까지…….
싹둑싹둑 퐁퐁.

이튿날이 되었어.

이젠 정말 쫓겨날 일만 남았나 봐.

어쩌지?

팥죽 할멈은 가게를 떠날 생각에 훌쩍훌쩍.

커다란 가마솥을 부여잡고 훌쩍훌쩍.

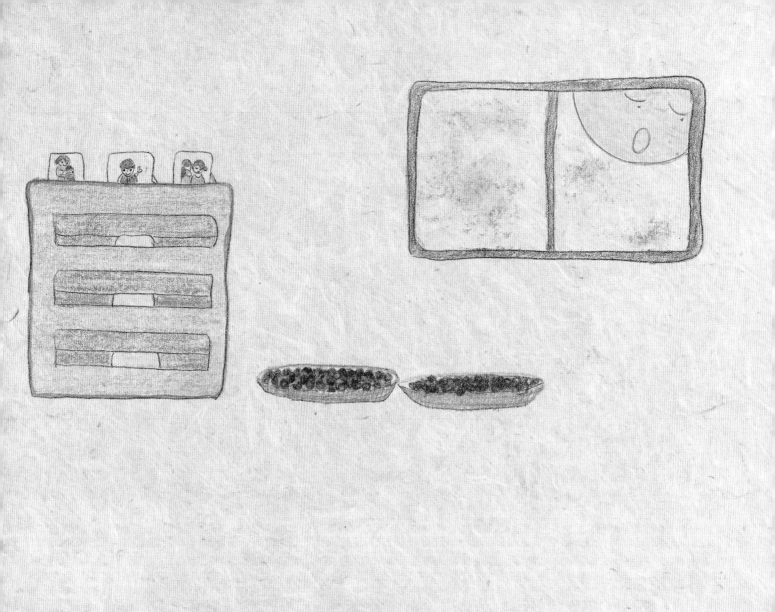
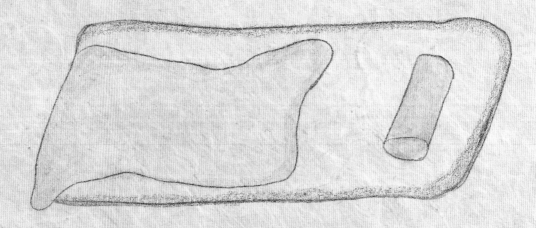

그날 밤, 늦은 시간
쿵, 드르륵 쿵쾅!
이게 무슨 소리지?
팥죽 할멈이 놀라 잠에서 깼어.
살그머니 문 가까이로 다가갔어.

"앗! 뜨거."
"이게 뭐야? 아직도 딱딱하잖아!"
"아무래도 팥죽 할멈에게 팥을 쒀 달라고 해야겠어."
'팥' 소리에 팥죽 할멈 귀가 번쩍, 방문을 열고 달려갔지.

동글동글 팥이 커다란 가마솥에 와르르

포옥포옥, 보글보글 삶고 끓여

퐁당퐁당 새알심 넣으려는데,

모두 소리쳤어.

"아니, 아니야! 팥죽이 아니라 팥빙수야!"

"팥빙수라고?"

팥죽 할멈이 놀라 되물었어.

꽁꽁 얼린 얼음 쓱쓱 갈아,

눈처럼 고운 얼음 알갱이 만들고,

내가 좋아하는 수박, 사과, 포도 썰어 퐁퐁 넣고,

그 위에 달달한 팥을 듬뿍 뿌려 주면

우와! 드디어 맛있는 팥빙수 완성!

팥죽 할멈 팥빙수 가게엔 손님이 가득.

뜨거운 여름엔 팥빙수 한 그릇!
아니, 난 뜨거운 팥죽!

칼바람이 부는 겨울엔 뜨끈한 팥죽 한 사발!
아니, 난 시원한 팥빙수!

그런데 건물 주인은 팥빙수를 먹었을까?
팥죽을 먹었을까?

"이번엔 뭘 만들지?"

"붕어빵?"

이번엔 뭘 만들까?

모두 입 모아 소리쳤어.

".....고래빵!"

"아이스크림 붕어빵?"

"고래빵?"

뜨거운 여름, 시원한 팥빙수를 만들어 볼까요?

①

먼저 꽁꽁 얼린 얼음을 빙수기에 넣고 갈아요. 얼린
우유를 갈면 눈처럼 고운 얼음 알갱이가 된답니다.

②

좋아하는 수박, 사과, 포도와 같은
과일을 썰어서 넣어요.

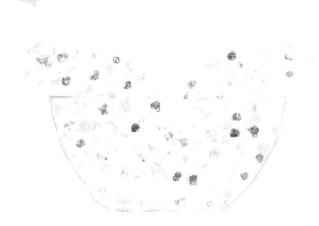

③

과일뿐만 아니라 인절미, 초콜릿, 시리얼,
과자 등을 같이 넣어도 좋아요.

④

그 위에 달달한 팥을 듬뿍 뿌려 주면
드디어 맛있는 팥빙수가 완성된답니다.
아이스크림을 올려 주면 더욱 맛있어요.